그랬으면 좋겠네

국립중앙도서관 출판예정도서목록(CIP)

그랬으면 좋겠네 : 한명숙 시집 / 지은이: 한명숙. -- 서울
: 토담미디어, 2018
  p. ;   cm. -- (토담시인선 ; 033)

ISBN 979-11-6249-038-9 03810 : ₩9000

한국 현대시[韓國現代詩]

811.7-KDC6
895.715-DDC23   CIP2018012824

그랬으면 좋겠네

한명숙 시집

토담미디어

찾으려고 하면 할수록
점점 멀어지는 詩

먼지를 털어내고
각오를 다져봅니다

살아가는 우리들의 이야기
하나 둘 들추며
천천히 늙어가고픈
봄날, 사랑합니다!

2018년 봄, 수리산 아래서
한명숙

차례

시인의 말 · 005

1부 도시의 밤 · 011

기사 · 012

후회 · 013

위기 · 014

가지치기 · 016

소통 · 017

말 · 018

입동 · 019

생각을 자르다 · 020

쓴소리 · 022

사라진 명분 · 024

청소기 · 026

상강 · 027

내려놓기 · 028

덫 · 030

불면의 시간 · 032

가을 모기 · 034

빈집 · 036

노모의 핸드폰 · 038

모바일 상품권 · 039

밤바다에서 · 040

랙카 · 042

남해 금산 오르는 길 · 044

늙은 호박 · 046

가을밤을 앓다 · 048

첫사랑처럼 · 050

물수제비 · 052

진도의 하늘 · 054

한의원에서 · 056

첫눈 · 057

화엄사 · 058

반성문 · 060

2부 　누구세요 · 063
　　　드라마를 보며 · 064
　　　중년의 동창생 · 066
　　　토종감자 · 068
　　　흔적 · 069
　　　주름을 펴며 · 070
　　　눈부신 봄 · 072
　　　문자메시지 · 074
　　　방과후수업 · 075
　　　벚꽃 · 076
　　　꽃 기차 · 077
　　　밤이 울고 있다 · 078
　　　생각 · 080
　　　낯선 풍경 · 082
　　　술 · 083
　　　스토커 · 084
　　　너에게 · 085
　　　다시 태어나다 · 086
　　　너의 품으로 · 088
　　　목련 · 090
　　　아내의 풍금소리 · 092
　　　달력 · 094
　　　개미 · 095
　　　이혼장 · 096
　　　사랑 · 097
　　　핸드폰과 남자 · 098
　　　부치지 못하는 편지 · 100
　　　나이 때문에 · 102
　　　고백 · 103
　　　오해 · 104
　　　12월 · 105

3부   간 큰 남자 · 109
      삼월의 눈 · 110
      일기 · 112
      광장에서 · 114
      구룡포의 밤 · 116
      다이어트 · 118
      봉정암 · 120
      접선 · 121
      접선 2 · 122
      인터넷 세상 · 123
      그냥 웃지요 · 124
      특종 · 126
      찌꺼기 · 128
      낮술 · 130
      숨바꼭질 · 132
      완행열차 · 134
      삶 · 136
      희망요양원 박씨 할머니 · 138
      겨울호수 · 140
      시간이 가면 · 141
      봄 · 142
      길을 잃다 · 143
      가을 · 144
      자벌레 · 146
      그대에게 · 148
      아줌마가 간다 · 150
      여름일기 · 152
      초막골공원 · 153
      그랬으면 좋겠네 · 154
      국화빵 · 156
      트럭 위에서 · 158

1부

도시의 밤

모든 것이 숨죽인 밤
낯설고, 익숙한
살아있으면서도
죽은 자들의 무덤이
시멘트 바닥 위에 널브러져 있다

계단을 오르는 동안
셀 수 없는 무덤을 지나
아무 일 없다는 듯
출구로 향한다

시퍼런 불빛이 달려와
갑자기 무덤을 일으켜 세우며
뒷덜미를 후려칠 것만 같아
등골이 서늘하다
나는 그 무덤 위를 걸어가고 있다

기사

눈을 뜨려 해도
무겁게 짓누르는
잠에 취한 눈꺼풀처럼
세상엔 알 수 없는 일들이
들풀처럼 가득하다

돈 때문에 살인을 하고
진실이 무덤 속에 갇힌
세상 이야기
오늘도 더러운 이야기가
화면에 뿌려지고 있다

모르는 척 돌아눕는
등줄기에 스치듯 지나가는
막히고 구겨진 삶,
스팀다리미로 밀어버린다

후회

크고 작은 상처를
보듬고 아파하면서
살아가는 세상,
나를 몰라준다고
툭툭 뱉은 말
비수가 되어 돌아온다

기다리다 지친
욕심의 날개를
아프게 찢는다
세상만사는 모두
덫이다!

위기

믿었던 오늘이
와르르 무너진다
모두가 위기라고 아우성이다

내일이면 새로운 오늘이거늘
위기는 곧 새로운 시작인 것을

세상은
모두가 아는 것처럼
알지 못하는 것들이
법이 되기도 한다

동, 서, 남, 북
누가 먼저랄 것도 없이
잃어버린 세상을
찾으려 안달이 났다

신의 한 수가 필요하다

가지치기

세상사에 찌든 몸
가지가 잘린 들
서러울 것도
아쉬울 것도 없어라

겨우내 가다듬은 온기가
뚝뚝 떨어져 나간다
뼈를 깎는 고통쯤이야
참을 수 있지

휘청거리던 걸음
주먹 불끈 쥐고
어깨를 펴고
이제부터 시작이다

소통

욕심 없습니다
그저 마음을 나누고 싶은 것뿐입니다

시간은 그들의 바람을 적당히
어우르고 굴리면서 살집을 키웠다
생각이란 놈이 지루함을 참지 못하고
슬슬 충동질을 했다

소통을 원하는 사람들이
늘어날수록 잡음도 생기고
소리가 커졌다
멈출 수 없는 마음이
이리저리 흘러가고 있었다

욕심 없이 마음을 나누겠다던
작은 바람은 어디로 가고
자신의 목소리에만 귀를 기울이라 한다

말

참으려 해도 어느새
두툼하게 쌓인 말,
그 앞에서 죄인처럼 땀만
뻘뻘 흘리는 침묵
언제쯤 벗어날 수 있으려나,

시간이 흐르고
세상은 변하고 있다
아무도 모르게
하지만 지금은
막막함으로 무너지고 있다

설렘으로 다가온 인연도
등 돌리고 사라지듯
화산처럼 달아오르던 더위도
곧 사라질 것이다
널 만났던 기억마저 아련하듯

입동

뼈마디마다
간간이
뒤틀리는 소리

우리의 사랑도
그렇게
떠나가는가,

생각을 자르다

긴 머리를 싹둑 자르던 날
생각보다 먼저 눈물이 툭 떨어졌다
머릿결보다 더 촘촘한 생의 이력
살다보면 생각이 닿기도 전에
몸이 먼저 알아버린다

여름내 신열을 앓던 마음이
어느새 나뭇잎마다 시작된 피돌기에
생각이 닿는다

뼈를 깎는 혹한 속에
아버지의 그림자가 사라졌다
발목이 푹푹 빠지는 눈길에
땔감을 구해야만 했던 어머니는
아버지의 임종을 지켜보며
끝내 눈물을 보이지 않았다

〉

어머니가 낯설어 칠남매는
울음 한번 제대로 울지 못했다
시간이 지날수록 어머닌 눈물만 늘었다
혼자 숨어 가슴으로 울다 지쳐
툭하면 눈물바람을 일으키는 어머니
아, 어머니

쓴소리

뜨거운 소음에 진저리치는
도시의 오후가 기울고 있다

흔적을 남기지 말자
지우려 애를 써도
도시의 빌딩 사이로
부려놓은
땀 냄새는 지울 수가 없다

푸른 힘줄 금방이라도
툭, 터질 것처럼
고단한 하루의 흔적
허공 속을 휘젓는다

옳고 그름을 판단할 기준은
처음부터 없었는가,
날마다 불꽃 튀는 사건을

기억할 필요도 없이
또 하루가 지나간다

사라진 명분

순한 표정 지으며
고개를 조아리며 꿰찬 자리에 앉으면
어느 순간 당당함으로 포장한 사람들
원하는 것은
무엇이든 손에 넣으려 안달이다

할 일은 제쳐두고 자신의 이름 앞세워
뿌리 없는 허욕의 집을 지으려한다
서로 헐뜯고 모함하는 게임을 즐기며
무조건 부수고 밟아서라도
받아내야 한다고
날을 세우는 싸움판이다

옳고 그름의 기준은
중요하지 않다
그들에게 맡긴 지도가 사라지고
명분은 길을 잃었다

이정표가 사라진 도시 한복판

사방천지가 빨간 신호등이다

청소기

모른 척 두고 볼 참이다
무조건 퍼주는 사랑도
철저하게 계산적인 사랑도
사랑이라는 이름으로
포장될 수 있으니까,

시원하게 쓸어버릴 것이다
잘못된 생각도
사랑의 매를 두고도 쓰지 못하고
우물쭈물 거렸던 한심한 시간도
한 순간에 삼켜 버릴 것이다
자, 전원버튼을 힘껏 눌러라

상강

금방이라도 숨이 멎을 듯
누렇게 마른 가지가
새빨간 열매를 잔뜩 움켜쥐고 있다

죽어가는 나무에서도
끄떡하지 않고 생명을 지키는
저 당당함
슬머시 기대어 스며들고 싶다

빨간 방울토마토 한 알 날개를 펼치다

내려놓기

기대가 실종되었다
차라리 잘된 일이라고,
미련을 버리면 그만이다
또, 시작하면 그만이다
산다는 것은 언제나
새로운 필요를 요구하니까

미세먼지가 태양을 삼키고
아파트 광장을 에워싸고 있어
힘겹게 달려와 잠시 숨 고르는 순간도
잠시도 놓아주지 않는 고단한 삶처럼,
갈망하는 미래의 행복이
미세먼지에 갇힌 아파트가 되어있다

존재감을 느낄 수 없는 세상
모든 것을 잠시 내려놓고
온전히 비워본다

의지대로 살아갈 수 없음을

들볶지 않으려는 것이다

쉬어가는 것이 나를 지키는 일이다

하루를 잘 지키는 것이

오늘의 나를

미래의 나를,

기쁘게 하는 것이다

덫

1

낯선 사람에게 느꼈던
불안의 그림자가 내게로 왔다

모른 척 고개를 돌려도
점점 더 가까이 다가오며
두려움에 주춤거리는
나의 손을 덥석 잡는다
달아나려고 뿌리쳐 보지만
올가미에 걸린 듯
몸도 마음도 굳어버렸다
아,
모두가 꿈이었기를!

2

안부를 물어오더니
어느 틈에 흔적을 남긴다

조금은 더 조심했어야 했다

나쁜 일은,
슬픈 일은
아무도 모르게 와서 손을 잡더라
나는 혼자가 아니다
네 까짓 거, 하고 하늘을 봐도
하늘이 온 몸을 옥죄어 오드라

살면서 부지불식간에 겪어야 할 일이라면
더 시간이 쌓이기 전에 부딪쳐 보란다
어디까지 가야하는지 막막하다
그러나 분명한 건
네 까짓 거! 하고 당당하게 밟고 일어설 수 있는
내 안의 또 다른 내가 있다

불면의 시간

어둠과 정이 들어 잠 못 이루는 밤
균형감각을 잃지 않으려고
새벽을 불러 꼿꼿한 허리를 펴고 앉았지만
불편한 다리를 붙잡고 놓아주지 않는다

무릎관절이 녹아내릴 듯 아릿한 통증,
이리저리 뒤척이며 달래 봐도
시간이 흐를수록 촘촘하게 바늘을 세워
콕, 콕 불면의 그물을 짜고 있다

내일은 이미 오늘이 되어 곁에 있는데
통증을 이기지 못한 다리는
어제도 오늘도 결박당한 채
시간을 멈추고 있다

누군가 나타나 이 지겨운 시간을
두들겨 패주고 구겨 버린다면

성큼성큼 걸어가 절이라도 할 텐데

째깍째깍 시계바늘 소리만

영가처럼 귓전을 울린다

가을 모기

새벽녘에야 문장 한 줄을 찾았다
귓가를 맴도는 가을 모기 한 마리
모른 척 돌아누워도 어둠을 물고 흔들어댄다

머리 위, 이마를 오른쪽 뺨과 왼쪽 뺨을
쏘아대며 놈은 희열을 느끼나보다
참을 만큼 참았으니 놈을 잡아야 했다
살그머니 손을 들어 기회를 노렸다

복도에서 몰래 담배 피우는 윗집남자
밤늦도록 게임하다 잠든 옆집학생
집집마다 드나들며 물어뜯고도 뻔뻔하게
나를 찾아와 식탐을 부린 죄를 벌하다

살그머니 이불깃을 들어올리고
숨소리를 멈추고 놈의 기척을 기다리다
찰싹! 뺨을 때린 순간

어둠속에 느껴지는 붉은 문장

가야할 때를 놓친 철없는 가을모기의

과욕이 부린 끈적임이 섬뜩하다

빈집

생솔가지를 태우자
자욱한 연기 속에 살이 탄다

젖은 손 마를 날 없던 어머니
무명치마 흥건히 몸살을 앓는 동안
툭툭 불거진 생의 굴곡은
아릿한 통증으로 화석이 되었다

초가집 담장을 넘나들던 송진 냄새
지칠 줄 모르고 돌리던 솜틀도
흔적 없는 그리움으로 놓아버리고
세월 속으로 숨어버린
오십년 애환의 담장이 무너졌다

생살 타는 그리움 속
지붕 헐린 고향집은
아홉 식구 웃음소리 흔적도 없는

음산한 그림자로 세월 밖에 묻혀있다

노모의 핸드폰

노모 손에
숨 쉬는 그리움이 들려 있다
우리 아들이 사 준 것이여,
허리춤에서 꺼내
동네방네 자랑하는 핸드폰!
큰 글자 꾹꾹 눌러 딸들을 불러낸다

　야야, 옥수수가 겁나게 잘 익었다
　택밴가 뭔가 할라는데 주소를 잊어 부렸어 야,
　눈이 어두워 잘 뵈지두 않어 야

아들은 핸드폰 고지서에
적힌 이름으로
한 달에 한 번 만나고
노모의 그리움은 핸드폰 속에서
딸들을 만나고 또 헤어진다

모바일 상품권

이벤트 참가 선물
카페 커피이용권
때때로 날아오는 스팸 문자처럼
일주일의 삶이 문자로 날아왔다

봄비가 보도 위를 두드리는 오후
카페에 앉아 달콤한 모카커피를
마주하고 앉았다

세상에 태어나서
아등바등 살다 가는 우리네 삶처럼
한 모금 눈금이 사라질 때마다
짧은 생을 온전히 지우고 사라지는
모바일 상품권의 생이 낯설지 않다

밤바다에서

바다는 밤새워 울었다
파도를 잠재우려 하지도 않고
마지막 이별인 듯
온 몸으로 바다는 울었다

달빛도 우리도
밤을 새워 울었다
바다처럼,
파도처럼,
하나가 되어 울었다

뻥 뚫린,
고속도로를 달리듯
가슴은 거칠 것 없었다
산다는 것은
때론 하나가 되는 것인가

바다가 되고

파도가 되고

울보가 되어

다시 태어나는 것이다

랙카

반기는 사람 하나 없어도
번쩍하면 나타나
꽉 막힌 고속도로를
제멋대로 빠져나가는 불한당이다

썩은 고기를 찾아
초원을 달리는 하이에나처럼
거침없는 생존의 무법자
궁둥이를 흔들며 상대를 앞지르고
예기치 않은 사고에 놀란 사람들을
비웃듯 경적을 울리고
하늘을 찌를 듯
치켜 든 촉각은 레이저 급이다

뒷덜미를 움켜쥘 듯 쫓아와
뻘건 불빛을 활활
사방으로 뿌려대는

도로의 무법자,

너를 고발한다

남해 금산 오르는 길

성난 바람이 앞을 막았다
남해금산의 나무는
죄다 뿌리째 뽑아버릴 듯
사납게 울부짖었다
받쳐 든 우산살은 맥없이 부러지고
삼삼오오 손을 잡고 걸어도 제자리걸음이다

장마철, 보리암 오르는 길
너도 나도 탁발 수행하는 행자다
귀를 찢는 파도소리, 산과 바다를 뒤흔들었다
한 발자국만 움직여도
굴러 떨어질 것 같은 낭떠러지와
한입에 삼켜버릴 것 같은 망망대해가 눈앞이다
앞만 보고 걸었다
생각할 겨를도 없이 저절로 마음을 비웠다

눈을 떠도 비명으로만

앞사람을 느낄 수가 있었다

한 가지 소원만 빌어야 이뤄진다는

남해금산 보리암 가는 길,

입을 닫고 귀를 닫고 생각도 닫아버렸다

그냥 걸었을 뿐이다

그냥 걸었다

보리암을 향해.

늙은 호박

야야, 내다

올해는 호박농사가 좋아 부러

잘생긴 놈으루 늙은 호박

엊그제 택배로 부쳤는디

우리 이쁜 손자들

호박죽 맛나게 끓여 먹이그라

전화선 타고 들려온 목소리에

고향을 떠나온 황금빛 호박

성큼성큼 들어온

베란다가 환해졌다

달짝지근한 호박죽으로

입맛 까다로운 막내를

행복하게 하고

친구들 불러 고향자랑도 푸지게 하고

툭툭 썰어 호박김치를 담갔다

늙어서 아름다운 것을

몸소 보여준 늙은 호박은

세월이 지나도 변하지 않는

자식을 향한 끝없는 어머니 사랑이었다

가을밤을 앓다

뒷산은 몸살 중이다
은행나무는 황금빛을 뿜어내고
여름내 보듬은 아가들 다 털어낸
밤나무들은 겨울채비를 하고 있다
밤마다 섧게 울어대는
풀벌레 소리에 뼈가 시리다

칠남매 하나 둘 떠나보내고
홀로 빈집을 지키던 어머니
괜찮다, 괜찮다, 말하면서도
마디마다 스며드는 외로움에
밤마다 한숨만 토했을 것이다

서낭당 느티나무 아래
나무하러 가신 엄마를 기다리던
유년의 우리들처럼
자식들 발자국 기다리며

어머니 밤나무가 되어

가을밤을 앓고 계셨을 것이다

첫사랑처럼

그냥 보냈습니다
잊지 않고 찾아와 준 당신이 고마워
밤새 가슴 떨리던 기억도 잊고
더러는 문풍지 흔드는 바람소리로
찾아와 줄 것을 믿지만
이대로 당신과 나는 멀어졌습니다

당신 발자국을 따라 나서다
허전한 마음 속 웅크린
기억을 불러내 봅니다.
아무런 약속도 할 수 없었습니다.
반가운 마음도 고맙다는 인사도 없이
허전한 심사만 뒤적였습니다.

때로는 마음 졸이며 그리워 할 것을
알면서도 당신을 보내야만 했습니다
그리움이 다녀가는 소리에 귀 기울이고

더러는 허공을 향해 쓸쓸한
울음을 몇 번 뿌릴 것입니다.

까맣게 잊었다 생각하다가도
울컥 그리워지는
첫사랑처럼 말입니다.

물수제비

동그랗게 물수제비뜨던 강가에서
아무도 몰래 물결 타고 흐르던
바람은 슬그머니 부채질을 했었다
등줄기를 타고 흐르던 땀방울
런닝셔츠를 흠뻑 적셨다

너희들은 내 목숨이다
자랑스럽게 말하던 아버지는
허허벌판 저녁노을을 지고
현기증이 나도록 낟가리를 쌓으면서도
연신 행복한 웃음을 지었다

공사장 인부의 고단한 눈빛 속에도
작은 별빛 하나 숨어있음을
헝클어진 각목 사이
깨어진 거울 속에서 읽는다
하늘과 맞닿은 수직의 벽,

작은 벽돌 틈 사이로

햇살이 지나간 흔적을 감싸고 있는

건강한 아버지의 숨소리가

물수제비 되어온다

진도의 하늘

어린 영혼을 삼킨 바다는
죽음보다 깊은 침묵으로
전쟁을 선포했다
잘못된 선택으로
피눈물을 쏟아야 하는 사월
시간은 쉬지 않고 제 길을 가고 있다
숯검정이 된 부모의 가슴은
치솟는 분노와 절규로 지쳐
진도의 하늘은 한밤중이다

원망과 질타의 소리만 폭죽처럼
터지는 사월
꽁꽁 묶인 오늘이 울고 있다
아프다
잔인한 사월의 악령 앞에
무릎 꿇은 우리
어린 목숨을 삼킨 진도 앞바다

우왕좌왕, 지휘 없다 헐뜯고 찢느라
피비린내가 진동한다

싸우지 마라, 모두가 아프다
엄청난 사고 앞에 속수무책인 것을
탓만 하다 기운 빠질라
다독이며 격려하며 손잡아도 힘들다

한의원에서

당신에게 띄우는
마음 하나
멈추지 않고
무심하게
흐르고 있다

큰 바위가 올라앉은 어깨
최고급 안마기로 달래도
뜨거운 찜질로 달래도
뜬 눈으로 밝힌 며칠

손끝마다 저릿저릿
멈출 줄 모르는 통증
蜂針 한방에 通!

첫눈

소리가 소리의
흔적을 훔쳤다
생각을 멈춘 지점
그들의 흔적이
어디쯤 있을까,

흔적을 알 수 없는 기억이 외로이 서 있다

꿈길에 다녀간
목화솜처럼 새하얀 입맞춤
긴 밤을 서성이는 동안
빼곡하게 써내려간 편지는
아침이 되면 사라져 버리고

백지처럼 긴 여백이 혼자 남는다

화엄사

일주문 마주한 순간
금방이라도 날개 달고
날아오를 듯
말문이 막힌다

발길이 닿는 곳마다
느슨해진 생각도
희미한 기억도
톡톡 두드려 세워보고
신발 끈을 조여 본다

그래, 그래야지
누렇게 바랜 꿈도 펼치며
걸음마를 배우듯
천천히 시작하는 거다

살아가는 동안

스스로 태우지 못한다면
흉내라도 내보자
꼭꼭 숨어버린 열정에
슬그머니 성냥불을 그어본다

반성문

저만큼 떨어져 있을 땐
그러려니 하고 봐주던 일도
요만큼 건너와 버리니
쉽지가 않네.

나이만 먹었지
쥐꼬리만 한 일에도
불뚝불뚝 노여움만
고개를 드네.

세월 탓을 하기엔
아직은 젊은데
어쩌자고 그놈의 성질
버리지 못할까

나이만 먹었지
무늬는 철없는 스무 살!

2부

누구세요

거미줄처럼
씨줄날줄 펼쳐놓으며
밤새 생각의 집이 머물다갔다

동짓달 긴긴밤을 노닐다 간 그는
어디서 온 누구일까
눈을 감아도 머리 위를 맴돌던
형체도 없는 그림자에 갇혀
어둠과 한통속이 되었던,

생각을 뒤집어본다
수없이 썼다가 지운
연애편지처럼
구겨진 잠,
그 속에 서 있는 당신은
누구세요

드라마를 보며

돌아갈 때가 되었다고
아무 것도 모르던 시절로
이제는 조건 없이
돌아가고 싶단다

뚝, 잘라버린다고
해결 될 일이었더라면
눈길 마주치지도 않았을 걸
천하장사도 못 말리는
정이 아니던가!

반 토막 남은 생이라고
쉽게 생각한 것인가
화면을 넘나드는 감정의 고조 속에
목젖이 퉁퉁 붓도록 함께 울어준다

네가 있는 곳에 내가 있고

내가 있는 곳에 네가 있는

그런 세상을 아름답다 말하며!

중년의 동창생

쿨렁쿨렁 버스가 지날 때마다
뽀얗게 먼지바람이 일던 신작로
까까머리 소년과 단발머리 소녀
풋사과 같은 웃음을 날리면
하늘거리던 코스모스도
가냘픈 허리가 휘어지도록 춤을 추었지

청풍호 푸른 물살을 빛나게 하는
붉은 오후
삼삼오오 손을 잡고 어깨를 기대며
깔깔거리는 중년의 동창생들 얼굴을 본다

가을빛에 바람만 스쳐도 뒤집어지던
빛바랜 추억 하나 둘 불려나오고
단발머리 하얀 칼라 눈부시던 얼굴엔
이제 막 길을 내는 주름살도 보이고
까까머리는 반쯤 벗겨져 빛나는 이마에

세월의 그림자가 영화필름처럼 스친다

인생 뭐 있냐, 보고 싶은 친구들 만나
나이 들어가면서 즐겁게 웃으며 살자
한 목소리로 말하는 얼굴에
잘 살아온 세월을 읽는다

토종감자

상자를 여는 순간
온몸에 뿔을 달고
금방이라도 뛰쳐나올 기세다

분이 많은 토종감자
상자 속에선 겨우내 무슨 일이 있었던 걸까,
외로움에 추운 겨울을 앓았을 노모처럼
추위에 누군가의 손길을 기다리며
온몸에 뿔을 세우며 견뎌야 했을 것이다

칼날이 스칠 때마다
떨어져 나가는 고통을 견디며
뽀얀 속살을 남기려
길을 내주는 상처가 아리다
눈물로 도려내고 겨우 얻은 살점,
노모의 쓸쓸한 미소를 닮았다

흔적

사랑보다 진한 것이 미움이던가,
미움도 사랑이던 가,

시력은 잃을지도 모른다는
전남편 병문안 간다는 그녀
서로의 허물만 들추던 기억은
연민으로 젖어 들고
갈증으로 가득한
그녀 눈 속에
이혼녀의 마른 삶이 고여 있다

법정싸움 일 년 만에 지쳐
포기한 양육권
빗소리만 들어도 뼛속이 젖는다던
우울한 목소리 날려 버리고
철부지처럼 웃는 그녀의
때 아닌 허기를 본다

주름을 펴며

꼬깃꼬깃 접힌 주름을 편다
오후의 그림자가
지친 일상을 밟고 떠나기 전에
주름을 곱게 펴주어야 한다
매끈한 다리가 절룩이는 동안
내 가슴에 퍼지는 통증을
너는 모른다

지나온 길들이 투덜거린다
보이지 않는 곳에서
날마다 마음을 내려놓던 나에게
숲은 더 이상
친구가 될 수 없다 고개를 흔든다

돌아보니 흔들린 것은
아무 것도 없었다
나무도 길도 바람도

모두가 그대로다

떠올리고 싶지 않은 기억조차
소중하다는 것을 알고
처음 마음으로 돌아가야 하는 것을
조용히 일러주는 바람을 따라
날갯짓 하는 오후가 환하다

눈부신 봄

산수유 꽃이 여린 숨을 몰아쉰다
찬란한 햇빛이 손을 내밀지만
그 손길 비웃 듯
나무의 어깨 위로
바람은 달려온다

바람 속을 걸어 네게로 간다
얼굴을 드러내지 않는 너를 향해
수없이 몰려드는 눈빛을
바람은 두고 보려 하지 않는다

더 세게,
갈기를 앞세우고 통렬한다
너의 존재를 알려고 하는 동안
너 아닌 무엇은 있을 수 없다

심장을 훤히 비출 듯

눈부신 봄이다

문자메시지

엊그제까지만 해도
전화를 주고받던 사람이
난데없이 부고장을 보내왔다
앞이 보이지 않을 정도로 비가 내리는데
슬픔을 꾹꾹 누르며 폭우 속을 달리는데

　딩동~ 편지 왔어요
　갑갑해서 혼자 나왔어
　저녁노을이 참 곱구나
　친구랑 같이 봤으면 더 좋을 텐데
　오이도 옥구공원 전망대에서

한동안 뜸하던 친구가 보내온
문자메시지가 당황스럽다
버튼을 누를 힘조차 남아있지 않다
삶과 죽음을
버튼 하나로 확인해야 하는 인간사

방과후수업

틈만 나면 웃고 떠들어대는 아이들
내 아이라 생각하고 보듬으려 해도
용수철처럼 튕겨나가는 자유

아이들 마음을 다독이며
답답한 사연 들어주고
마음 읽어주었더니 선생님이 좋단다

학교 수업 마치자마자
방과후수업, 태권도학원, 피아노학원으로
마음껏 놀 수 없는 감옥에 갇혀 사는 아이들

갖고 싶은 거 사주는 엄마 아빠보다
눈빛 맞추고 시시한 이야기도 들어주고
따뜻하게 품어주는 가슴이 필요 하더라

벚꽃

눈물 꽃이다

당신의 눈물

더 이상 감출 수 없을 때

피워내는 천상의 소리다

4월의 하늘

당신의 아픔을 보듬어

아름답게 피워낸 꽃

통곡의 소리다

꽃 기차

목련꽃이 피었다
어머니가 웃었다

티 없이 맑은 웃음
하나 둘 피워낸다
눈물은 말라버리고
서러움도 삭아버린
하아얀 속살을 드러내고 웃는다

아홉 살 소녀의 눈에
목련꽃 같던 젊은 엄마,
떨어진 목련꽃잎이 되었다

화무십일홍!
북쪽을 향해 조심스레 손을 모은다

밤이 울고 있다

고단한 시간을 풀어내고 있다
커르렁 컹! 커르렁 컹!
그의 하루는 무슨 색이었을까,
무거운 하루를 내려놓으며 울어대는
그의 잠 속으로 들어가지 못하고
성가신 듯 눈동자만 밀어 올린다

그래. 우리는 말로 풀어내지 못한 것들을
잠속으로 끌고 들어간다
그리고 더러는 목 놓아 울어버린 寫錄
소리가 소리를 따라 울고 있다
조용한 밤은 소리를 따라
그의 하루를 쓰다듬고 있는 가,
어쩌면 그의 울음이 내일을 위한
준비운동인지도 모른다

내일을 위해 목젖을 흔들어대며

그가 울고 있다

그의 잠 속으로 따라 들어가지 못한 나는,

지친 눈동자만 밀어올리고

이 밤을 지키려 안간힘을 쓰고 있다

우리의 삶을 지키기 위해

우리는 지금 울고 있는 것이다

생각

속력을 내기 위해
두 주먹을 쥐었어
등 뒤에서 누군가
힘껏 당길 때도 있었지만
주춤거릴 틈도 없이
앞만 바라보며 뛰었지

어릴 적, 웅덩이에 빠졌던
당혹스런 기억처럼
생각의 끈이 스르르 풀리고 있어

아! 차곡차곡 접혔던
생의 기억이 물방울처럼
뚝,
뚝,
뚝
떨어져 나가고 있었어

황량한 겨울바람을

홀로 맞고 있는 것 같았어

이 시간은 어디로 가고 있는 걸까

생은 언제나 아픈 사랑

낯선 풍경

목소리가 커야 이긴다고!
조금만 기울어도 사방에서 터지는 파열음
목적을 위해선 목젖이 저리도록
외치는 구호가 두렵고 낯설다
진실을 믿지 못하고 불신이 커가는 사회
자신의 입장만 내세우며 악을 쓰는 내면이 궁금하다

물러서서 바라보는 여유가 없는 세상
목소리를 내야 자신을 알리는 거라 믿는 행동은
아이들의 영혼을 흔들어버려 학교는 지금 혼란스럽다
우리에게 소중한 것을 잃어버리고 있다

소리가 삼켜버린 것들이 소중하다는 것을 깨달았을 때
우리는 누구를 원망해야 하는가,
어쩌면 저토록 당당할 수 있을까
당장의 객기가 내일에도 당당해 질 수 있을까,

술

안전선을 지키지 못하면
백지가 되어버린다
세상을 움켜쥔 듯
핏발을 세우다가도
아침이면 까맣게 잊어버린다
뜨겁게 달아오르면
그 불길에 타는 줄도 모르고
온몸에 꽃을 피운다
지위도 체면도
종잇장처럼 구겨져버린다
기쁨도 슬픔도
절정을 함께 맛보고 나면
하얗게 지워버린다
어제, 오늘, 내일
어쩔 수 없다는 핑계 아닌 핑계
갈 곳을 잃은 미아가 된다

스토커

시도 때도 없이
사방에서 나를 주시하고 있다
틈을 보여도 따라 붙는다
숨을 쉴 수 없다
조건 없는 사랑이라지만
감당할 수 없다
거절해도
사정을 해도 막무가내인
저 사랑,
받아들일 수 없다
긴 겨울밤
심장을 갈기갈기 찢어놓을 듯
흔들어놓다가
손톱 밑을 후벼 파는 고통으로
조여드는 겨울이 길다

너에게

벽창호처럼
소통할 수 없었던 것도
품어줄 수 있을 것 같아
눈물을 감추고
이젠 피어나는 꽃을 봐

눈치 그만보고
지친 어깨 두드려주고
다정하게 안아줘 봐
우리들의 마음이
꽃처럼 피어난다고 믿어 봐

너의 마음을 안아줄
그대가 널 기다리고 있어
그곳에서!

다시 태어나다

눈을 감으면 뒷문으로 백발의 할아버지가 드나들었다
열아홉 해 살아온 흔적을 덮으려 했다
할아버지 눈빛이 말보다 크게 울렸다
바싹 말라붙은 입, 무슨 말인가 하려해도
죽음에 익숙하지 못한 서툰 나의 몸짓은 허공만 맴돌았다
머리맡에 시퍼렇게 날이 선 칼을 놓고 나를 지키던 어머니
어떤 놈이던 오기만 해봐라, 내 새끼 데려가긴 어딜 데려가,
세살 때 홍역으로 죽을 뻔했어도 살린 내 새끼 어딜 데려가,
눈 감으면 안 돼, 이것아, 눈 감지 말어. 눈 감으면 죽어!
악을 쓰는 어머니 목소리가 장송곡처럼 희미하게 들렸다

내가 빠져나간 나를 바라보며 울 수도 없었다
등을 돌리고 돌아서려 할 때 손에 뭔가가 콱 잡혔다
창호지를 뚫고 들어오는 눈부신 팔월 햇살
풍선처럼 부푼 몸뚱이를 쪼아댈 듯이 달려들었다
온몸이 따끔 거렸다 나를 잡고 있던 투박한 어머니 손!
뜬눈으로 어머니가 지켰던 사흘,

온몸은 열꽃으로 괴물처럼 변한 나는 다시 태어났다
살아있었다, 머리맡에 잠든 어머니가 내 손을 잡고 있었다

너의 품으로

1

네게 잊혀 질까 두려워

칼날을 밟는 심정으로

다시 일어선다

그 칼날에 온몸이 베일지라도

살아가는 동안

끝내 버리지 못할 길을 시작한다

날마다 고통으로 다가오는

너의 품으로

2

너의 가슴팍을

쥐어뜯어서라도

완성해야 하는

고된 날들을 견뎌내야 한다

피할 수 없는 고리

잠시 한 눈 팔던 시간

허물어지는 세상사,

다독여 곧추 세워야 할

언어의 세계

가야한다 너의 눈 속으로

3

꽃바람 따라 찾아 온 봄빛

애타게 기다리던 소식이다

네가 지나는 길목 뒤따라 온

폭설,

온몸으로 품어 하얗게 삼켜버린

목련

평생 입을 열지 않을 것 같더니
곧 비밀을 폭로할 태세다
그녀가 입을 열면
그림자도 보이지 않게
꼭꼭 숨어버렸던 것들이
불려나올 것이다

말없이 으름장을 놓는 저 지세에 눌려

아파트 화단에도
일시에 미등을 켜고
특종을 낚으려는 자들은
한 마디도 놓치지 않으려
귀를 쫑긋 세우고
숨을 죽이고 있다
속내를 감추고
다소곳 자리 지키던 목련

드디어 입을 열었다

아내의 풍금소리

엄마가 섬 그늘에~
굴 따러 가면~

낡은 풍금소리에 어른학생들이
고개를 저어가며 즐겁게 노래를 부른다
3학년 2반 교실은 황금빛으로 물들었다

남편을 기둥서방이라 부르는 그녀
동요를 부르는 절절한 목소리에
돌아서서 눈물을 훔친다
부부의 사랑이 감동으로 메아리치는
김포 교육박물관 돌아 나오며
너나없이 약속이나 한 듯
울보가 되어버린다

그래도 만약 볼 수만 있다면,
단 한번 만이라도 볼 수만 있다면,

가장 먼저 보고픈 건 남편의 얼굴이라는

그녀의 말이 꿈속까지 따라와

목젖을 밀어올리고 귓가에 맴돈다

달력

TV를 보다가
촉촉해진 눈꼬리
까닭 없이 흐르는 눈물

달력의 그림을 보다가
뿌옇게 흐려지는 눈동자
울컥울컥
올라오는 기억들이 아프다

툭툭 던져진 사연마다
붉은 밑줄을 그은 흔적들
무엇을 어떻게 했느냐
묻지 않아도
투명필름처럼 선명하다

너의 시간의 흔적
그 끝에 서 있는 나를 본다

개미

세수를 하려나보다
화장실 바닥을
줄지어 가는 개미가족

아침 상 차리는 걸 돕고 싶은가보다
어느 새 식탁주변을 기웃 거린다
집안 구석구석
어디를 가도 따라다니는 녀석들

이제는 우리가족이 된 줄 아는가보다

이혼장

가벼운 몸살이거니 했다

신열이 멈추지 않고

점점 더 깊어지는 혼미

몸과 마음이 감당하지 못할

지경에 이르렀다

쉴 새 없이 터지는 기침

밤이면 더 극성을 부린다

찾아가는 병원마다

적당한 처방전에

색깔만 다른 약봉지

우연히 만난 친구

이혼장 작성해서 법원에 제출하란다

실없는 농담에 한바탕 웃었지만

감기란 놈도

나이가 들어가는 걸 어찌 알았는지

도무지 약효가 나질 않는다

사랑

미치거나
반짝이거나
찬란하거나
무지갯빛

전체가 좋거나
좋아하는 것의
정체는 하나가 될 때
완성되는

나에게 너는 사랑이었다

미친 듯 퍼붓다가도
시침 뚝 떼고
딴청부리는 국지성 호우처럼
갖은 표독 다 부리다가도
나긋나긋 속삭이는

핸드폰과 남자

어보세요, 나야
어디야, 왜 안 오고 전화해
가야지, 충무론데 ……
자기 보고 싶어서 빨리 가고 싶은데 전철이 안와.
혀 꼬부라진 소리에 술 냄새가 확!
전화선을 타고 달려오고 있다

남자가 술을 마신 것인지
술이 남자를 마신 것인지
사랑한다는 말이
사랑 하냐는 말로
스무고개를 넘고 또 넘는다

내가 못살아, 핸드폰을 없애버리든지 해야지
야멸차게 전화를 끊은 여자는
남자가 도착할 시간이 가까워지면
쉬지 않고 전화를 한다

연결이 되지 않습니다 삐~ 소리 후,

소리샘으로 연결해주세요

오늘도 남자는 도착역을 지나 어디론가 가고 있다

핸드폰마저 잠이 들어버린 자정을 넘긴 시간,

남자는 어디서 헤매고 있는 것일까

부치지 못하는 편지

당신 생각을 하면
외면하고 싶고 감당할 수 없는
불손한 생각뿐이었습니다.
한때는 세상에서 가장 든든했던
목소리만 들어도 기운이 나고
비우면 채워지는 샘물같이
그 무엇도 대신 할 수 없는 존재였습니다

그러나 그 시간들을
흔적도 없이 지운 길고 긴 아픔의 시간이 되었습니다
지우고 싶은 기억이 되었습니다
당신이 병마와 싸우고
그런 당신을 지켜보는 시간은 길고 또 길었습니다
부끄러움도 체면도 외면하고
모든 걸 헝클어버린 당신은
점점 몽니를 부리셨습니다
통증을 가늠할 수 없는

병든 하루하루가 속절없이 가고 있었습니다

하루하루 망가지는 당신을 보면서

나는 뼛속까지 숯검정이 되어버렸습니다

이제는 긴 아픔의 시간이 끝나고

당신이 떠난 자리가 시퍼렇게 멍이 들어버렸습니다

나이 때문에

뼈를 삭이는 통증을 견디며
눈앞에 펼쳐진 풍광에 빠져들어
칼날 같은 능선을 겁 없이 올랐다

바위산을 만나고 헤어지며
순간순간 빨간 불이 켜졌지만
자신감은 정상을 향해
도전을 외쳤다

잘도 참아주더니 반기를 들었다
침묵하고 버틴 대가는 무거웠다
조절이 필요한 관계를 외면한 삶은
지독한 통증으로 얼룩졌다

수술실 문이 열렸다

고백

독자보다 먼저 울어버리는
영원한 아마추어,
가슴 밑바닥을 내보이지 마라
귀가 아프게 들어도
다 보여주고 먼저 울어버린다

틀렸다고 말하고 싶은
난해한 시를 읽으며
나락으로 떨어지는 기분
되레, 그건 시가 아니라고
사념 밖으로 내 몰 테다

네 맘도 열어보고
내 맘도 풀어놓고
이름 모를 꽃도 눈빛 주고받으며
좁은 길도 툭 트인 길도
친구가 되는 사람 사는 길에서 만나는 詩,
삶의 향기 느끼는 시가 있어 행복하다

오해

함께 살아도
모를 일이다
티격태격 하다보면
정이 들기도 하지만
때때로 끝없이 어긋나는 심사
한순간 나뭇가지로 흔들린다

모를 일이다
한참 지나 돌아보면
별것도 아닌 일들을
그 순간 혈맥이 부풀어
옳고 그름을 가려야 했는지를

모를 일이다
행복의 기준이 무엇인지
마음이 감옥인 것을

12월

뭉근해지는 것들을 짊어지고
걸어가야 하는 발길이 무겁다
고개를 들 수도 없다

눈웃음 나누던 어제도
살갑게 어루만져주던 손길도
기억하지 말아야한다
어딘가
기대를 버리지 않는 한
몸살은 계속 될 것임을 안다

스스로 헤어나지 못하면
그 무엇도 온전할 수 없는
순간을 다투는 삶의 전쟁이다

빈 마음을 채우는
스스로의 약진이다

3부

간 큰 남자

자상함과 위트가 넘치고
전화 목소리만 듣고도
가슴이 설레었다는 소문의 주인공
그 소문 영원할 거라고 믿는가보다

세월이 흘러도
겉보기엔 늘 한결같지만
확!
뜯어고치고 싶은 것 하나 있다
무슨 일이 있어도
시댁에는 아내와 함께 가야한다고,
그게 도리라고
삼십년 째 설교하는 간 큰 남자

미워도 대놓고 미워할 수 없는
그 남자 코고는 소리가
오토바이를 타고 간다

삼월의 눈

산수유 꽃이 손짓하는 뒷산
때 아닌 폭설로 하얗게 질려있다
거리의 방랑자가 된 계절
봄날이 사라지고 있다

어느 순간 사라지고 말
그날이 오고 있는 것일까
애써 외면하지만
눈으로 마음으로
받아들여야만 하는
굴절의 봄

네가 사라진 길을
기억해내고 달려갔을 때
우리가 함께하던 시간은
세상 어디에도 없었다

죽을 만큼

몸살을 앓아도 좋다

환장하게 아름다운 봄날을

너와 함께 기억하고 싶을 뿐이다

일기

어설픈 싯귀가

나를 바라본다

통증이 몰려온다

방안 가득

낯선 낱말들이 떠돌아다닌다

어둠을 밝히는 등잔불

자꾸 심지만 밀어올리고

자음과 모음 사이를

출렁이는 불빛이 적막을 수놓았다

하나 둘 문장이 만들어지고

덩실덩실 춤을 추는 하루

오랜 감기를 털어내듯

짜여진 문장에 간신히 미소를 짓는다

차갑게 식은 찻잔에

눈물 한 방울 떨어진다
미지와 나를 연결하듯

광장에서

어제는 당신을 고발하고 오늘은 친구를 배신하고
꼬리를 물고 이어지는 어지러움이
붉은 핏자국으로 명멸한 광장으로
우리는 불려 나오고 아파하면서도
순한 양처럼 똑 같은 세월의 기록 앞에 길들어간다

가야하는 길은 아니지만 싫다고 돌아설 수 없는
관계 속에서 생명의 아픔은 거듭되고,
하루를 살아내고 또 다른 시간을 맞이하고 있다

수술이 필요한 병중은 적절한 치료를 받아
훌훌 털고 일어날 터이지만
끊임없는 탐욕과 불신의 늪은
장마 뒤 함몰된 참혹한 상처처럼
보이지 않는 숨소리로 점점 더 가까이 다가오고 있다

불안한 시대를 살면서 누구의 죄를 벌할 수 있을까,

사건이 터지면 성난 파도처럼 몰려들어

책임 질 사람도 수습할 사람도 없이

꽹과리를 울리다 물거품처럼 슬그머니 사라져버리는,

따뜻한 가슴도 냉철한 이성도 없는

허허로운 광장에서 우리는 또,

얼마나 더 어색한 표정을 지어야 할 것인가!

구룡포의 밤

황혼을 뛰어넘은 시인들은
지치지 않는 열정으로
구룡포의 밤을 밝혔다

장미보다 더 향기로운
은백의 시어는
색색 불빛으로 밤바다에 흩뿌렸다
삶의 길목마다 거칠게 막아선 돌부리
순간순간 뛰어넘어 달려온 삶이
상처 난 가슴을 보듬어
보석처럼 빛나는 운율이 되었다

고독과 절망도
다가서면 맥없이 쓰러져 뒹구는
하루하루가 문학의 향기로
탄생시킨 그들의 삶은
깊어가는 구룡포의 밤을 들뜨게 했다

빗소리 타고 흐르는 詩情의 행간 속에

가진 자의 여유도, 능력도, 명예도,

기웃거릴 수 없는

구룡포의 밤은 詩의 香氣로 가득했다

다이어트

홈쇼핑 광고 1순위
얼굴 붉혀가며 가격 비교하고
충동구매,
없는 살림에도 유혹의 끈 붙잡고
아름답게 보이고픈
욕망의 그림을 그린다
유산소 운동기구 커피다이어트
별의 별 식품 다 불러 모아도 소용없는
축적된 이기심이
온몸 구석구석 옷을 덧입히고 있다

세상을 보는 눈빛 조금씩 수그러들고
잠 못 이루는 겨울밤,
넉넉해진 허리춤 두 손으로 눌러본다.
살아간다는 것은,
스스로 때가 되었음을 알게 되는 것이다
더러는 욕망을 키우고

그 욕망에 발목 잡혀 허우적거리다 쓰러져도

나를 찾으려 눈을 감는다

봉정암

버려야만 닿을 수 있는
아득한 곳
칼날처럼 솟아오른 바위를
쓰다듬듯 스쳐오는
오월의 바람을 등에 업고
어둠과 한 몸 되어
긴 산길을 걸어
그대 앞에 섰다

폭포로 쏟아지는 물소리는
어둠을 흔들어대고
별빛도 잠든 적막한 시간은
어둠이 지나고 새벽이 밝아오듯
끝내 닿을 수 없을 것 같던
품안에 들어 하나가 된 영혼
하늘을 날다

접선

지독하게 참았던 외로움
억누르던
꼭 다문 입술

春起!
通하자,
말문이 열리고 있다

한 겹
두 겹
세 겹

화선지 가득 넘치는
여인의 향기
春風이다

접선 2

가려움증 깊어
봄바람에 길을 나서자
벗들이 하나 둘 찾아오는
익숙한 길목에

아!
휘영청 밝은
달빛을 들이마시자
운무처럼
벗꽃이 화사한 말문을 열었다

톡,
톡 톡
톡 톡 톡
톡 토도독!

인터넷 세상

문턱 없는 곳이라
스스럼없이 드나들며
웃고, 화내고, 속을 내보이고
목소리 높이는 광장에 갇혔다

세상 이야기 엿보며
속되고 지나친 객기 보이며
끼리끼리 모여 편 가르기 놀이에 빠져
죄 없는 자들을 상처내고 웃는다

눈을 뜨면 몰려와 덧칠을 하고
새로운 사냥감을 찾으며
서로를 그물에 가두는 무리가 되어
죽순처럼 뻗어나간다
서둘러 빠져나와 흔적을 지운다
어쩐지 뒷목이 뻐근하다

그냥 웃지요

보이는 모습 그대로
인정해주는 그대가 있어
울어버리고 싶은
멈춰버리고 싶은
세상사 발목을 잡아도
그냥 웃지요

오늘이 가면
새로운 오늘은 웃을 거라고
쳐진 어깨를 다독이는
그대가 있기에
툭툭 털어버리고
또 그냥 웃지요

내 안의 나를 믿어주는
그대가 있기에
아무 것도 해결할 수 없다는 걸

뻔히 알면서도

눈물과 한숨대신

그냥 웃지요

특종

독을 품고 달려들어
번득이는 눈빛으로 두리번거린다
닥치는 대로 쑤셔대고 찔러댄다
누구든 걸려들면 빠져나오기 힘든
그럴듯한 문장으로 유혹하는
솜씨가 일품이다
촘촘한 거미줄로 무장하고
활자와 활자를 비웃으며
활보하는 놈의 뒤를 쫓는다

저놈의 목줄 움켜쥐고 일갈할 순 없을까,

의심의 눈초리를 벌겋게 달구며
낚아챌 기회를 엿보는 동안
나를 비웃듯 사라지는 화면
잡식성의 이빨을 뿌리째 뽑아도
놈은 히죽히죽 웃으며 거리를 활보하리라

씨를 말려도 다시 태어나는

특종을 찾아서

지칠 줄 모르고 날뛰는 놈들의

말놀이가 이젠 지겹다

찌꺼기

멍들고 뒤틀린 욕망의 아집 같은 게
몸 속 어딘가 숨어있다 슬그머니
무너져 풀어진다
무슨 원한이 있었던 것일까
환영으로 뭉쳐진 뻘건 덩어리

하루 이틀 사흘…

별일 없을 거라며 지켜보자던
의사의 얼굴에 황달이 들었다
미세한 흔적도 묵인하지 않는
초음파검사도 거짓말을 했다
수술대 위에 누워
의사가 시키는 대로
하나 둘 셋… 잠이 들었다

초음파검사도 잡아낼 수 없는

종양을 제거하고

뚝!

딸꾹질을 멈춘 듯 그렇게 멈춘

욕망의 찌꺼기

낮술

화창한 대낮에 모여 앉아
술잔이 오고 간다

말짱한 척 허리를 곧추 세워
자세를 바로잡고
이야기보따리를 풀어 놓는다
시계바늘은 저 혼자 돌고, 돌고,
신산한 말들이 빈 접시를 채운다
빈들처럼 공허한 마음
알게 모르게 쏟아놓고 있다

향기 나는 만남을 하자던
규칙 같은 건 잠시 모른 척하고
중년의 허기진 속을 달래보자
어디서 그런 용기가 나왔을까,
낮술 몇 잔, 고놈의 농간은 아닐 텐데
아. 닐. 텐. 데.

투덜대는 구두코를 바라보다 올려다 본 하늘

둥실 떠 있는 낮달이 빙그레 웃고 있다

숨바꼭질

밥을 짓다가
설거지를 하다가
낯설게 혹은 익숙하게 다가와
너 뿐이야, 사랑해
내 친구가 되어줘
형체도 없이 속삭이더니
소리도 없이 사라져버린
말의 씨 찾아
행간마다 끙끙 거린다

행주질하다 하나 둘
생각 흘러가 버리고
두 번, 세 번, 갸웃거려도
수돗물소리만 크게 울린다
시를 쓴답시고
밥을 태우고
찌개를 태우고

때때로 낯설고 익숙한

시시한 놀이에 빠져든다

완행열차

묵직한 소리를 내며 어둠을 뚫고
기차가 제천 역을 빠져 나갈 때
단발머리 여고생의 겨드랑이에는
은빛 날개가 돋았다
고단한 훈련을 견디느라
목젖까지 차오른 외로움은
어둠 속으로 힘껏 던져 버렸다

낯선 곳에서 운동선수의 생활은
눈을 뜨는 순간부터 눈을 감는 순간까지
세포마다 불길 속을 걷는
맹훈련이 기다리고 있었다
하루가 한 달처럼 길기만 하고
숨을 멈추고 싶을 만큼
목 놓아 울고 싶은 훈련의 공포가
어둠을 가르는 밤기차의 서정과
여유만으로 까맣게 잊을 수 있었다

돌아보는 자리마다 아련하게 떠오르는
흰머리 듬성듬성한 아버지 어머니,
차창에 스치는 꽃처럼 웃고 있는 형제들
까까머리 남학생이 건네주는 쪽지편지도
감각으로 직감하는 사계절의 풍광도
시가 되고
소설이 되던
완행열차의 추억은
가뭄속의 단비였다

삶

줄다리기를 한다
번번이 쥐었다 폈다
괄약근이 빽빽해진다
어금니를 앙다물고 자세를 취한다

끝장을 보리라
역전을 노리는 마지막 한방
물살을 가르듯 방망이를 휘두르자
포물선을 그리며 쭉쭉 뻗어나가는
홈런이다
얼굴이 벌겋게 달아오르고
지독한 덩어리,
며칠째 조롱하던 그놈이
쑤욱! 빠져나간다

별 것 아닌 일에
발목 잡혀 혼쭐이 나고

될 듯 말 듯 하다가도

한순간에 훤하게 길이 열리듯

이리저리 채어 쓸모가 없는 듯해도

어느 순간 중요한 기가 되어

적막을 여는 절정!

희망요양원 박씨 할머니

길에는 지도가 서서히 사라진다
동네를 지키던 서낭당신목도
눈만 뜨면 사람들이 모여들던 정자도
지나가는 바람만 기웃거린다

느그들이 여그서 내가 죽는 꼴을 보고 싶은 거
이눔들아, 뉴스에 나오게 해주랴
내 아들이 누군 줄 아는 겨 이눔들아!
요양원이 떠나가라 소리치며
모두를 벌벌 떨게 하는 팔순의 박씨 할머니
눈만 뜨면 퍼붓는 독설이 뜨겁다

이순에 혼자되어 공사장 막노동까지 했지만
고생 끝에 낙이 온다고 아들의 사업이 술술 풀리면서
여봐란 듯 칠순잔치도 하고 두둑한 생활비에 해외여행까지
이제 죽어도 한이 없다던, 생애 가장 아름다운 한때가
어느 날 봄날 꽃잎 날리듯 아들과 함께 사라졌단다

몇 해 전 어디론가 종적을 감춘 아들을 기다리며

사업이 바빠서 못 오는 거라고

몇 년째 철썩 같이 믿고 있다

아들의 부재를 알면서도 모르는 척,

그리움을 분노로 버티고 있는 희망요양원 박씨 할머니

굽은 등 뒤로 저녁노을이 서성거린다

겨울호수

누군가 부르는
달빛 같은 소리 있어
고개를 돌린다

금광저수지 길을 내는
시인의 눈빛
그 길 따라 가다보면
길이 보일까

오래 기다렸다
차디찬 눈빛조차 사랑인 것을
모르는 그대

이 길 끝
사랑이 보인다

시간이 가면

삶의 지도가
더러 엉망이 되어도
나눌 수 있는 未知가 있어
길을 잃지 않는 우리

혼잡한 길이
삶의 곤궁함이
파도처럼 밀려와도
시간이 가면

아,
꿈의 문이 열리듯
쏟아지는 아침햇살!

봄

기다리는 마음 알았나보다
서둘러 찾아온 손길이
전신에 퍼졌다
열꽃을 피우고
시들 줄 모르는
흔들리는 마음 여전하다

한차례 격정의 순간이
어둠을 뚫어
뼈마디마다 구멍을 낼 참인가,
관절마다 들쑤시고
이빨을 앙 다물어도
새어나오는 가락

언 땅 두드려
나물 캐던 그때인가보다

길을 잃다

이만큼이면 된 것 같아
행복하다고 속삭이던 목소리
아직도 귓가에 쟁쟁한데
감기에 걸린 듯
몸도 마음도 가라앉은 봄날

길을 잃어버린 아이처럼
막막하게 서 있다
홀연히 나타나
마음을 빼앗아 버린
너에게 가는 길

꿈처럼 아득한 허공에 집을 짓는다

가을

하늘은
푸른 바다가 되고
마음은
구름이 되는
가을이다!

코스모스를 닮은
지난날의 네가
미치도록
　보
　　고
　　　싶
　　　　다

굳게 닫힌 철문처럼
열릴 줄 모르는
너의 마음을

한순간에 확!

펼쳐 줄

　　　　그

　　　게

　　뭘

　까?

자벌레

원초의 섭리처럼
제 몸 길이만큼
딱, 그만큼
느리게 움직인다
앞을 막으면 뒤돌아
또, 그 만큼 앞으로 간다

둥근 나무 위,
떨어지지 않으려고
온몸을 밀착시키고
그 만큼,
한결 같은 모습으로 앞으로 간다

변하는 세상을 타협하지 못했던
농사가 천직이라던 아버지처럼
정직한 도전을 멈추지 않는 저 몸짓,
갑사 오르는 길

우연히 눈이 맞은

자벌레 한 마리

눈가를 흐리게 한다

그대에게

그대여!
입속에 감추고
마음으로만
불러보는 그대여,

그대여!
부르기만 해도 좋은 그대여,
오랜 그리움으로 앓아온 사랑처럼
떠나지 않는 그대여,

세상살이 힘들다 울지 마라
울 수 있다는 것은
희망이 있다는 것이다
그대의 위로가 들리는 듯
삶의 길목마다
친구가 되고 연인이 되었던
그대를 찾아 떠나는 봄이다

동구 밖 느티나무가

내 마음을 먼저 알고

그대의 속삭임처럼 연둣빛 손짓으로

봄이 오고 있다

아줌마가 간다

경력이 없으면
대형마트 알바도 힘들다고
중년 여인들이 입을 모은다
그렇지 현실은 그렇지
아무리 열심히 살아도
경력이 중요한 시대에 살고 있다

아이들 학원비 부담에
일자리 찾아 나섰다가
노래방 도우미가 되었다는
TV화면 속 여인의 절망을 본다
상처는 점점 깊어만 간다
그놈의 경력을 쌓기는
바위로 계란치기만큼 힘들다

열 번 넘어져도 다시 일어나
당당하게 걸어가야 한다

힘들다고 주저앉을 순 없다
우리는 대한민국의 아줌마다

여름일기

장마에 시름시름 앓던 화초
짧은 햇볕에 윤기가 흐른다
꿈을 꾸고 있는 표정이다

한 핏줄 한 형제면서도
내 말이 옳다, 네 잘못이다
외치는 세상을 탓하지 않고
아파트 복도 한 켠
나란히 살아가는 모습
참으로 아름답다

대단하다 말하지 않아도
기쁨을 주고
더러 챙기지 못해도 등 돌리지 않는
영원한 내 편,
이슬을 받아 마신 듯 상쾌하게
혈관을 뚫어준다

초막골공원

양귀비꽃 만발한 초막골공원
불어오는 꽃바람에
일상의 고단함이 찾아 듭니다

살아가는 일이 늘 꽃밭이 아니듯,
가시밭길도 아닙니다
맡은 자리마다 할 일이 다르듯
사랑도 우정도
서야 할 자리에 있어야
제 몫을 하는가봅니다

양귀비꽃 눈 맞춤하며
마음도 몸도 꽃처럼 피어날까,
덩달아 환하게 웃음꽃 피워봅니다

그랬으면 좋겠네

뻥 뚫린 저수지가
울지도 못하고 눈을 감았다
타들어가던 대지는
닿을 듯 말 듯
내줄 듯 말 듯

끝이라고 생각하던
순간이 시작을 알린다
마지막이라고 포기했더라면
움켜쥘 수 없던 것들이
평생을 함께하는 것처럼
단비가 칠월의 문을 활짝 열었다

세상사 끝이구나 싶다가도
언제 그랬냐는 듯 일어나
주먹 불끈 쥐고 달릴 수 있다
사는 동안

그랬으면 좋겠다

국화빵

빈 바지랑대가 바람을 쓸고 있는
늦가을 오후
재래시장 모퉁이
노오란 국화꽃 하나 둘 피어나고 있다

오일장이 열리는 날이면
국화빵 한 봉지 안고 오시던 할머니
무서운 옛이야기도 들려주고
축 늘어진 젖가슴도 내어주고
털실 스웨터도 짜주셨다

가난을 웃으며
구수한 옛이야기로 채워주던
유년의 기억이 국화꽃처럼 피어난다
할머니 젖가슴을 만지며 놀던
어린 여자아이가 방긋 웃는다

언니와 서로 입으려다

올이 풀린 빨간 스웨터처럼

애증의 흔적도 아련하고

할머니 축 늘어진 젖가슴도 그리운 날,

따끈한 국화빵이 맛있다며 건네는

재래시장 모퉁이 할머니 얼굴에

그리운 우리할머니가 있다

트럭 위에서

붉은 벼슬을 치켜들고
꼭두새벽부터 동네고샅을 흔들던
수탉의 기상은 어디에도 없다
문명이 거두어 간 빛바랜 그림일 뿐,

무더기로 잡혀가는 가련한 목숨
트럭 철조망에 목이 끼어 있다
살아야겠다고 날개를 푸드덕거리며
마지막 몸부림을 하고 있다

벌겋게 벗겨진 목덜미에
피가 흐르도록 붉은
살점 너덜거리는 줄도 모르고
무슨 생각하고 있는지
닫힌 눈가에 매달린 눈물
팔월의 뜨거운 햇빛을 외면하고 있다

닭들의 예정된 죽음을 싣고
달리는 트럭의 소음에
한낮의 고속도로가 벌겋게 익어간다

그랬으면 좋겠네

ⓒ2018 한명숙

초판인쇄 _ 2018년 4월 24일

초판발행 _ 2018년 4월 30일

지은이 _ 한명숙

발행인 _ 홍순창

발행처 _ 토담미디어

서울 종로구 돈화문로 94(와룡동) 동원빌딩 302호

전화 02-2271-3335

팩스 0505-365-7845

출판등록 제2-3835호(2003년 8월 23일)

홈페이지 www.todammedia.com

편집미술 _ 김연숙

ISBN 979-11-6249-038-9